b small publishing

Lucie Chat à la ferme

BONJOUR!

HELLO!

Lucy Cat at the farm

Catherine Bruzzone • Illustré par Clare Beaton
Traduction française de Marie-Thérèse Bougard

Catherine Bruzzone • Illustrated by Clare Beaton
French translation by Marie-Thérèse Bougard

Voici la maman de Lucie.   Lucie dort encore.   Il est tard.

This is Lucy's Mum.   Lucy is still asleep.   It's late.

Maman donne du lait à Lucie.   Lucie se réveille.

Mum gives Lucy some milk.   Lucy wakes up.

Lucie regarde dehors.

Lucy looks outside.

Maman donne son chapeau
à Lucie.

Lucie met son chapeau.

Elle sort.

Mum gives Lucy her hat.

Lucy puts on her hat.

She goes out.

Lucie va à la ferme à pied.

Elle est fatiguée.

Lucy walks to the farm.

She's tired.

Voici Mimi, la tante de Lucie.

This is Lucy's Aunt Mimi.

Elles vont dans la grange.

They go into the barn.

La poule est dans la grange.

The hen is in the barn.

Le chien est dans la cour.

The dog is in the yard.

Les moutons sont sur la colline.

The sheep are on the hill.

Le canard est dans la mare.

The duck is in the pond.

Les vaches sont dans le champ.

The cows are in the field.

Le taureau est furieux.

The bull is angry.

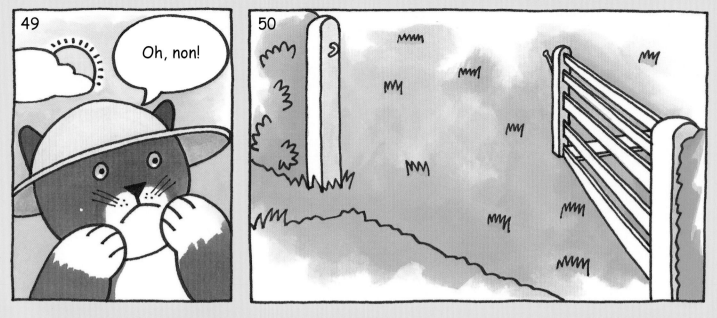

La barrière est ouverte.

The gate is open.

Le taureau court très vite.

The bull runs very fast.

La poule s'enfuit.

Le chien s'enfuit.

Le canard s'enfuit.

The hen runs away.

The dog runs away.

The duck runs away.

Lucie ferme la barrière.

Lucie arrête le taureau.

Lucy shuts the gate.

Lucy stops the bull.

58 Le taureau s'arrête.

59 Les animaux sont sauvés.

58 The bull stops.

59 The animals are safe.

Lucie mange la crème.

Lucy eats the cream.

Mots-clefs · Key words

le chat	il y a du soleil	maman	aujourd'hui	le chapeau	au revoir
ler shah	eel ee ah doo soleh	ma-*moh*	oh-shoor-*dwee*	ler shap-*o*	oh-re*vwah*
cat	it's sunny	mother, mum	today	hat	goodbye

la ferme	la tante	je suis fatigué, je suis fatiguée	salut/bonjour	voici	voilà
lah fairm	lah tont	sh' swee fateeg-*eh*	sal*oo*/boh-*shoor*	vwah-*see*	vwah-*lah*
farm	aunt	I'm tired	hello	here is, this is	there is

la poule	l'œuf	le chien	l'os	le mouton	l'herbe
lah pool	lerf	ler shee-*yah*	los	ler moo-*toh*	lairb
hen	egg	dog	bone	sheep	grass

le canard	l'eau	la vache	l'arbre	qu'est-ce que c'est?	le taureau
ler kan-*ar*	loh	lah vash	lah-br'	kesker *seh*	ler tor-*oh*
duck	water	cow	tree	what's that?	bull

la barrière	non	cours vite!	arrête!	merci	la crème
lah baree-*air*	noh	koor veet	a*ret*	mair-*see*	lah krem
gate	no	run quickly!	stop!	thanks, thank you	cream